LES FLEURS

— EN —

PAPIER

LES

FLEURS EN PAPIER.

MANUEL ENCYCLOPÉDIQUE,

CONTENANT

la manière d'exécuter les fleurs en papier,

leurs diverses applications
à l'ornement des appartements et des autels,

ACCOMPAGNÉ

DES PATRONS EXACTS ET DES PLANCHES
représentant les plus jolies fleurs.

PARIS,
P. MARTINON,
rue Grenelle-Saint-Honoré, 44.
1855

Les formalités voulues par la loi ayant été remplies, tout contrefacteur sera poursuivi.

De l'imprimerie de BEAU, à Saint-Germain.

AVANT-PROPOS.

L'art des fleurs en papier est sans contredit un des plus gracieux passe-temps des dames, quand il s'agit de charmer les loisirs des longues soirées d'hiver ou des mauvais temps à la campagne. Il est peu de femmes sans doute qui ne sachent imiter les fleurs les plus communes; mais, depuis quelque temps, cet art est parvenu à une perfection telle que l'on copie aujourd'hui non-seulement presque toutes les fleurs indigènes, mais même un grand nombre de fleurs exotiques dont l'horticulture s'est nouvellement enrichie.

Il nous a donc semblé qu'un petit traité très-clair, très-concis, comprenant les notions nécessaires pour l'exécution des plus jolies fleurs, accompagné de patrons exacts et de modèles, et indiquant en outre les diverses applications des fleurs en papier à l'ornementation des appartements et des églises, avait chance d'être accueilli favorablement de toutes les dames.

Les quelques manuels, édités jusqu'à ce jour sur ce sujet, ont l'inconvénient d'être pour la plupart inexacts ou incomplets, et les travaux publiés par les journaux de dames sont trop rares et trop peu détaillés pour former une méthode vraiment utile. Notre livre, au contraire, offrira réuni tout ce qui constitue l'enseignement de cet art élégant et coquet : explications, patrons, modèles de fleurs ; tout cela renfermé sous un format commode, léger et facile à porter avec soi.

Plusieurs dames auxquelles nous avons fait confidence de notre idée, nous ont vivement engagé à y donner suite. Nous espérons donc qu'elle obtiendra la faveur de toutes les personnes auxquelles cette publication est adressée.

FLEURS EN PAPIER.

PRINCIPES A OBSERVER POUR BIEN FAIRE LES FLEURS EN PAPIER.

Les fleurs en batiste, parvenues aujourd'hui à un rare degré de perfection, demandent une longue étude et jettent dans de grands frais, à cause du nombre d'outils nécessaires. Les fleurs en papier, au contraire, s'exécutent très-facilement.

Jusqu'à ce jour, les fleurs que l'on a reproduites sont en très-petit nombre; aidés de la nature, nous nous sommes appliqués à vous donner la figure et les patrons de plusieurs fleurs connues seulement depuis quelques années; toutefois nous n'avons pas oublié d'y joindre les patrons de fleurs ordinaires, et dont les figures nous ont paru superflues.

On emploie pour faire les fleurs deux outils, dont nous allons indiquer la forme et l'usage.

Le premier est une *pince* de 8 à 12 centimètres de long, qui sert à prendre chaque pétale, le contourner, et lui donner la forme convenable à la fleur que l'on veut exécuter.

Le second, nommé *outil-boule*, est une tige de fer, terminée d'un bout par une poignée en bois, et de l'autre par une boule en fer poli qui varie de 10 à 25 millimètres de diamètre ; il sert à arrondir, estamper, ou gaufrer les pétales ; quelques personnes remplacent cet instrument par un dé à coudre ou le bout d'un étui, mais les résultats que l'on obtient sont moins satisfaisants.

Il faut aussi avoir un petit pot dans lequel on délaie de la gomme arabique dans de l'eau, puis un petit pinceau.

Maintenant, nous allons donner l'aperçu des principales fournitures qui sont nécessaires pour ce genre de travail :

1° Papier de diverses couleurs et préparé exprès (1).

2° Fil de fer, ou *laiton*, très-fin et de différentes grosseurs, recuit au feu, afin de le rendre plus souple et moins cassant.

3° Feuilles, étamines, pistils, cœurs, calices, araignes, boutons, et en général tous les accessoires composant les fleurs que l'on veut exécuter.

Après avoir découpé les divers patrons nécessai-

(1) Outre ces papiers ordinaires, on emploie aussi, et avec succès, surtout pour faire les lis, les camélias, et en général toutes les fleurs de cette famille, celui que l'on désigne sous le nom de *papyrus* ou *papier de riz*.

res pour la fleur que l'on veut exécuter, on gaufre chaque pétale afin de lui donner la forme convenable, soit en le roulant entre ses doigts, soit au moyen de la *pince* et de l'*outil-boule*.

Après avoir attaché le cœur de la fleur au bout d'un fil de fer, on assemble les différents pétales formant la corolle de la fleur, et on les fixe sur le fil de fer, au-dessous du cœur, au moyen d'un peu de gomme.

On recouvre ensuite le fil de fer avec du papier de couleur, assorti à la tige naturelle de la fleur que l'on veut imiter ; ce papier est coupé en petites bandes de 6 à 8 millimètres de large ; on le roule en spirale autour du fil de fer, auquel on fixe, de distance en distance, d'autres petits fils de fer qui doivent former les petites tiges que l'on garnit préalablement de petites bandes de papier vert, et après lesquels on attache les boutons et les feuilles. Pour donner plus de solidité, on fixe les petites tiges sur la grande avec de la soie.

Pour bien placer le papier en spirale autour du fil de fer, on tourne ce dernier entre le pouce et l'index de la main gauche, tandis que la main droite prend, pour la diriger, la bande de papier qu'on aura soin d'humecter à son extrémité d'un peu de gomme. A la jonction des petites tiges avec la tige principale, on tourne 2 ou 3 fois la bande de papier autour des premières, ensuite on passe 2 ou 3 tours sur les deux tiges réunies, puis on reprend la direction en spirale que l'on a dû quitter pour cette opération.

Si la tige principale doit être un peu forte, on roule bien également autour, et avant la bande de papier, une légère couche de coton cardé.

Les boutons, cœurs, feuilles, etc., sont en général vendus tout préparés et montés sur une petite tige; mais on peut fort bien les assembler soi-même en s'y prenant comme nous allons l'indiquer.

On passe un petit fil de fer au tiers de la longueur des feuilles, cœurs, boutons, etc., et on le reploie pour le rejoindre à la base; à partir de cette base, on tord un peu les deux bouts de fil de fer pour n'en plus faire qu'un, puis on le recouvre de papier vert.

Il faut avoir soin que ces fils de fer soient d'une longueur proportionnée à la fleur que l'on exécute, de manière qu'il en reste assez pour pouvoir les fixer sur la tige principale, ainsi que nous venons de l'expliquer.

Des patrons.

Pour reproduire avec fruit un grand nombre de fleurs sur les patrons que nous avons tracés ici, prenez du papier à ettre transparent, décalquez au travers ceux dont vous avez besoin, puis découpez-les avec de la carte : vous aurez ainsi des patrons solides et sur lesquels vous pourrez tailler vos pétales sans craindre de les altérer.

Teinture des mousses.

Pour teindre et conserver la mousse dont on veut se servir l'hiver, il faut, après l'avoir nettoyée avec soin, la plonger dans une eau d'indigo très-foncée, puis la faire sécher à l'ombre, sur des feuilles de papier, en ayant soin de la retourner de temps en temps, afin qu'elle ne moisisse pas. Pour orner les corbeilles ou les jardinières, on mélange parfois de la mousse d'un rouge foncé avec de la mousse verte. Voici comment on peut obtenir cette couleur. On fait bouillir 100 grammes de bois de campêche dans un litre d'eau ; puis, cette dissolution tirée à clair, on y plonge la mousse et on la fait sécher comme nous l'avons dit plus haut.

De la confection des bouquets.

Rien de plus joli pour orner un salon qu'une jardinière et des vases sans cesse garnis de fleurs. L'hiver, on a souvent beaucoup de peine à s'en procurer ; on remplace donc alors les fleurs naturelles par des fleurs en papier.

1.

Un service de table complet exige au milieu et comme surtout une corbeille de fleurs; puis, si la table est un peu longue, une corbeille à chaque bout. Les fleurs en papier peuvent encore briller ici avec avantage. Il est inutile de s'étendre sur les bouquets destinés à garnir les autels : qui ne sait que les pavots, les roses, les pivoines, les roses trémières, les lis, les dahlias et même les boules de neige, sont les fleurs les plus ordinairement employées pour ce genre d'ornement? mais on peut varier ces fleurs par d'autres plus légères, telles que les volubilis, les cinéraires, les potentilles, etc.

Dans la confection d'un bouquet, on doit placer au milieu les fleurs pyramidales et les grosses fleurs, puis terminer par les plus petites et le feuillage. A défaut de feuilles, on entoure les bouquets avec de la mousse; quelques brins de mousse entre les fleurs accompagnent encore très-bien un bouquet.

Première planche.
Figure n° 1. — *Neylle.*

Pour exécuter cette fleur des champs si connue, fixez 4 pistils bruns ou noirs sur le haut d'une tige en fil de fer, taillez 5 pétales lilas rosé sur le patron n° 1 A de la sixième planche, sur le bas de chaque pétale tracez trois traits noirs formant l'éventail et se réunissant vers la pointe, gaufrez-les

en les pliant en 4 dans le sens de leur longueur,
puis fixez-les autour de la tige avec de la soie ; terminez cette fleur en plaçant après les pétales un
calice en papier vert taillé sur le patron n° 1 B.

La tige de cette fleur étant un peu forte, passez-
la en coton, puis en papier vert.

Pour les boutons, taillez 3 pétales seulement et
entourez-les avec le calice n° 1, B.

Figure n° 2. — *Volubilis.*

Prenez du papier bleu, rose ou blanc, taillez un
seul pétale sur le patron n° 2 C ; tracez sur votre pétale six lignes bleues pour une fleur rose, ou blanche,
et six lignes roses pour une fleur bleue ; ces lignes sont
indiquées sur le patron par des traits ponctués ; elles
doivent être étroites et foncées vers le centre de la
fleur, et s'élargir vers le haut en devenant plus pâ-
les. Ce travail terminé et parfaitement sec, pliez le
pétale dans le sens des lignes bleues ou roses, de
manière à lui faire former l'éventail ; dépliez-le et
entourez avec votre tige, sur le haut de laquelle
vous avez fixé 4 pistils jaunes ; puis, au moyen de
gomme liquide, réunissez les deux côtés, marqués
chacun d'une petite croix, en les croisant l'un sur
l'autre jusqu'au trait ponctué ; la ligne rose ou bleue
doit exister sur la jonction ; retournez maintenant
le tour du pétale en arrière et ajoutez une étoile en

papier vert taillée sur le patron n° 2 D ; passez la tige en papier.

Pour les boutons, taillez un pétale sur le n° 2 C en le tenant un peu plus petit, pliez-le de manière à lui faire former l'éventail, puis tordez-le entre vos doigts et ajoutez l'étoile en papier vert.

Figure n° 3. — Cinéraire.

Taillez chaque fleur sur le patron n° 3 E avec du papier bleu foncé, violet brillant, rose ou blanc ; pour ce dernier, il vous faudra teinter le bout de chaque petit pétale avec du bleu foncé ou du violet. Rayez chaque pétale avec la pince dans le sens de sa longueur ; puis enfilez le patron sur une tige en fil de fer surmontée d'un cœur noir *de marguerite ;* terminez par un calice en papier vert, un peu bourrée de coton et taillé sur le n° 3 F.

Figure n° 4. — Coquelicot double.

Taillez 12 pétales sur le patron n° 4 G, 18 sur le n° 4 H, 24 sur le n° 4 I, 1 sur le n° 4 J, et 1 sur le n° 4 K ; gaufrez tous ces pétales en les plaçant dans une mousseline humide et tordant ce linge. Vous pouvez, avant cette opération, les border tous d'un trait noir si vous avez choisi du papier rouge ; vous pouvez également prendre du papier blanc que vous borderez d'un trait rouge.

Votre cœur de coquelicot fixé sur le haut de la tige, entourez-le de 12 bouts de gros fil noir de 12 millimètres de longueur environ, placez autour les 12 pétales n° 4 G, puis les 18 n° 4 H, les 24 n° 4 I, et enfin le pétale n° 4 J, et terminez par celui n° 4 K, en le croisant sur le premier. Cette fleur n'ayant pas de calice, passez la tige en papier vert.

Figure n° 5. — Bluet.

Dans la saison où cette fleur s'épanouit dans les champs, faites-en une ample moisson; puis, après avoir détaché les pétales et le cœur, faites sécher les calices et les boutons, afin de vous en servir au besoin; puis, pour exécuter cette fleur en papier, commencez par fixer sur le haut d'une tige en fil de fer trois pistils blanc rosé et autour 7 ou 8 bouts de gros fil noir gommé, terminés chacun par un nœud; ceci formera le cœur; découpez ensuite huit pétales sur le patron n° 5, rayez-les avec la pince et formez un pli sur chaque pointe; tournez ensuite chaque pétale en forme de cornet et attachez-les autour du cœur avec de la soie verte, puis terminez votre fleur par un de ces calices dont vous avez fait provision.

Figure n° 6. — Pensée.

Découpez 2 pétales en papier jaune sur le n° 6 A,

1 sur le n° 6 B, et 2 en papier violet sur le n° 6 C; gaufrez ces pétales en les creusant avec l'outil-boule et renversant un peu les bords en arrière ; après avoir placé 2 pistils sur le haut de la tige, fixez-y les 2 pétales jaunes vis-à-vis l'un de l'autre; puis au milieu le 3e pétale de même couleur, puis enfin au-dessus les deux pétales violets ; terminez en plaçant l'étoile n° 6 N, puis passez la tige en papier.

Sur chaque pétale jaune, tracez quelques lignes brunes ou violettes de manière à imiter le dessin de la figure n° 6.

Figure n° 7. — *Tulipe*.

Le panaché de cette fleur varie infiniment de couleur et de forme, mais le fond est toujours blanc ou jaune. Taillez donc 6 pétales en papier d'une de ces deux couleurs, panachez-les de rouge, rose, lilas ou violet, en imitant à peu près les lignes du patron n° 7. Sur cette fleur rien de régulier, le hasard ou votre fantaisie vous guideront parfaitement ; assemblez ensuite ces pétales autour d'une tige surmontée d'un pistil et 3 ou 4 grosses étamines ; placez d'abord 3 pétales, puis au dessous les 3 autres sur les intervalles des premiers.

Cette fleur n'ayant pas de calice et la tige étant très-forte, entourez-la de coton avant de la passer en papier.

Figure n° 8. — *Azalea*.

Vous pouvez exécuter cette fleur en papier blanc pour autel de la Vierge, en papier rose, rouge, lilas ou violet. Taillez 5 pétales sur le patron n° 8, placez sur le haut d'une petite tige 12 pistils environ, puis au milieu un plus long que les autres ; on peut grossir le bout d'un pistil ordinaire en y laissant tomber une goutte de cire à cacheter ; on gaufre les 5 pétales de cette fleur en les pliant dans leur longueur, puis en les creusant avec l'outil boule afin de les renverser en arrière ; enfin on fixe ces pétales autour du cœur, et on place une étoile en papier vert taillée sur le patron n° 2 D. Pour les boutons entr'ouverts taillez 4 pétales seulement un peu plus petits que le patron n° 8, et pour les boutons fermés, trois seulement que vous garnirez de coton à l'intérieur et que vous réunirez avec de la gomme fondue. Il faut toujours une étoile en papier vert au bas de chaque bouton ; passez les tiges en papier.

Planche deuxième.

N° 9. — *Potentille*.

Cette fleur, composée de 5 pétales, doit être exécutée avec du papier rose ou rouge vif ; vos pétales taillés sur le patron n° 9, rayez-les un peu avec la pince, puis creusez-les avec l'outil-boule.

Montez un petit cœur noir sur le haut de la tige ; entourez-lé de très-petits pistils jaune foncé, puis fixez les pétales autour, en les retenant avec de la soie et un peu de gomme liquide ; terminez par une étoile verte taillée sur le n° 6 N, et passez la tige en papier.

N° 10. — *Laurier-rose double.*

Taillez 5 pétales sur le patron n° 10 Q, et 10 sur le n° 10 R ; creusez ces pétales avec l'outil-boule, fixez 5 pistils sur le haut d'une tige en fil de fer, puis entourez-les avec les 5 pétales n° 10 Q, en les cachant presque entièrement ; placez encore autour les 10 autres pétales, en imitant le plus possible la figure n° 10 ; taillez le calice en papier vert sur le patron n° 2 D, et passez la tige en papier.

N° 11. — *Violette.*

Vos 5 pétales violets taillés sur le patron n° 11, rayez-les un peu avec la pince, placez-les autour du cœur formé seulement par un très-gros pistil rouge vif, et terminez cette fleur par une étoile verte taillée sur le patron n° 6 N ; passez la tige en papier.

N° 12. — *Reine-Marguerite.*

Prenez du papier rose, violet ou blanc, et taillez

3 rangs de pétales sur chacun des patrons nᵒˢ 12 B,
12 C et 12 D, puis un dernier rang vert sur le nº 12
D ; gaufrez ces pétales en pliant en deux chaque cran
dans le sens de sa longueur ; recourbez-les ensuite
légèrement en arrière ; votre cœur jaune fixé sur
le haut de la tige, enfilez successivement les 9 rangs
de pétales, en commençant par les plus petits. Terminez par le rang vert, que vous rejetterez fortement en arrière. Afin de fixer ces pétales les uns
aux autres, enduisez leur extrémité inférieure d'un
peu de gomme liquide, et passez la tige en papier.
Pour obtenir des fleurs de dimensions différentes,
diminuez la taille de vos patrons en prenant pour
les plus grands les nᵒˢ 12 C, et 12 D, par exemple, et
taillant alors les 3 derniers rangs un peu plus petits.

Figure nº 13. — Anémone.

Fixez un cœur noir sur le haut d'une tige, et
entourez-le d'un grand nombre de bouts de cordonnet noir frisé, voici comment : Tournez votre cordonnet sur une aiguille à tricoter ou un
moule à filet en bois de la grosseur d'un crayon ;
mouillez-le avec de la gomme liquide, laissez sécher, coupez vos bouts de cordonnet, puis placez-les
autour du cœur.

Prenez maintenant du papier rose, bleu ou jaune,
et taillez 6 pétales sur le nº 13 T, 16 sur le nº 13 V ;

1..

gaufrez tous ces pétales avec l'outil-boule, puis placez-les autour du cœur en les fixant avec de la soie et de la gomme, et ajoutez une étoile verte taillée sur le n° 2, D.

N° 14. — *Fuchsia*.

Pour cette charmante fleur, fixez sur le haut d'une petite tige mince et flexible un très-long pistil, puis autour 7 plus petits; entourez ce cœur de 5 pétales rouge violacé taillés sur le patron n° 14 V, et légèrement gaufrés avec l'outil-boule; après les avoir fixés sur la tige avec de la soie, entourez ce travail d'un peu de coton cardé, et placez sur le coton un rang de pétales rouge, rose vif ou blanc taillés sur le n° 14 X. En réunissant les deux côtés au moyen de gomme liquide, rejetez en arrière les 5 pétales pointus, et immédiatement sous cette fleur formez une petite boule en coton cardé que vous recouvrirez de papier vert, ainsi que la tige.

N° 15. — *Rose de Noël ou Ellébore*.

Cette fleur blanche à feuillage vert foncé se compose de 5 pétales d'un blanc pur à l'intérieur, légèrement teinte de rose à l'extérieur; cette teinte rose doit être plus vive sur les bords, s'étendre et se perdre en mourant sur le reste du pétale.

Taillez 5 pétales sur le patron n₀ 15, puis, à l'aide d'un pinceau, étendez sur l'extérieur de ces pétales la teinte rosée dont nous avons parlé tout à l'heure, en vous servant de carmin très-clair, c'est-à-dire très-étendu d'eau ; placez les pétales bien à plat sur une feuille de papier blanc, et laissez-les sécher ; gaufrez-les ensuite en les ployant dans leur longueur, et les creusant avec l'outil-boule.

Le cœur est composé d'une réunion de pistils, dont un beaucoup plus grand que les autres, et placé au centre.

Cette fleur n'a point de calice ; montez-la sur une tige forte que vous entourerez de coton recouvert de papier d'un vert brun. Ces fleurs ne se ramifient pas, elles sortent de terre ainsi que les feuilles.

N° 16. — *Coréopsis.*

Prenez du papier d'un beau jaune, taillez 7 pétales sur le patron n° 16, puis teintez le bas avec du carmin foncé en suivant le tracé du patron ; placez ces pétales autour d'un cœur noir, une étoile verte au-dessous, et passez la tige en papier.

Planche troisième.

N° 17. — *Primevère de la Chine.*

Cette fleur, une des premières que le printemps voit éclore, ne comporte que deux couleurs, le blanc pur ou le rose vif presque mauve. Taillez de l'une ou de l'autre couleur une partie sur le patron n° 17 B pour le tube, et l'autre sur le patron n° 17 A pour la fleur proprement dite.

Après avoir roulé le n° 17 B sur lui-même, de manière à former un véritable tube, réunissez les deux côtés avec de la gomme liquide, placez à l'intérieur 4 pistils dont vous fixerez le bas après la tige, et enfin le calice vers la partie la plus étroite; fixez ensuite la fleur sur le haut du tube au moyen de gomme liquide.

Pour les boutons, taillez-les comme les fleurs, et placez-les au milieu des calices.

N° 18. — *OEillet.*

Cette fleur, panachée le plus souvent, peut cependant s'exécuter de couleurs unies, comme blanc ou rouge; pour panacher les pétales, prenez du carmin, dans lequel vous mêlerez un peu de bleu.

Commencez par fixer sur le haut d'une tige un cœur d'œillet. Ce cœur, que vous pouvez facilement exécuter vous-même, se compose d'une petite boule de coton cardé recouvert de papier vert et surmonté de deux barbes de plume. Découpez ensuite 8 pétales sur le patron n° 18; gaufrez-les avec la pince, en formant un pli dans chaque cran; puis enfilez ces pétales, l'un après l'autre, sur la tige, en les fixant avec un peu de gomme liquide. Placez enfin un calice en papier vert taillé sur le n₀ 18 bis, et roulé sur la fleur de manière à l'envelopper parfaitement, en fixant les deux côtés l'un sur l'autre avec de la gomme.

Nᵒ 19. — *Camélia.*

Afin d'imiter parfaitement l'épaisseur et la transparence des pétales, employez de préférence le papyrus ou papier de riz ; mais comme ce papier est très-cassant, avant de l'employer, placez-le pendant une heure au moins entre deux feuilles de papier humide. Taillez 8 pétales sur le nᵒ 19 E, 5 sur le nᵒ 19 F, 10 sur le nᵒ 19 G, et 10 sur le nᵒ 19 H. Gaufrez les nᵒˢ 19 E et 19 F, en les pliant dans leur longueur, et les renversant avec la pince. Creusez les nᵒˢ 19 G et 19 H avec l'outil-boule. Fixez 6 pistils sur le haut d'une tige, puis 3 pétales nᵒ 19 E ; placez encore 8 pistils et les 5 autres pétales. Attachez autour du cœur les 5 pétales nᵒ 19 F, le creux en dedans ; puis sur deux rangs les pétales nᵒ 19 G, le creux en dehors, puis enfin les pétales nᵒ 19 H, toujours le creux en dehors ; ajoutez sous la fleur 5 coquilles en papier vert ; fixez-les avec de la gomme liquide, et passez la tige en papier.

Nᵒ 20. — *Lilas.*

Découpez un certain nombre de fleurs sur les
nᵒˢ 20 M et 20 L, puis un même nombre de tubes
sur le nᵒ 20 N. Roulez ces tubes sur eux-mêmes ;
enfilez 2 pistils à l'intérieur ; ajoutez une tige très-
mince et posez une fleur sur chaque tube, en l'y
retenant au moyen de gomme liquide. Toutes vos
fleurs parfaitement sèches, assemblez-les par petites
touffes composées de quelques boutons et de quelques fleurs, en plaçant toujours les plus grandes au
bas des touffes. Celles que vous destinez à former
le haut de la branche doivent être composées de
5 boutons environ et de 2 ou 3 fleurs de petite dimension ; ajoutez de très-petites feuilles vertes aux
touffes destinées à former le bas de la branche, et
passez la tige en papier. Cette fleur présente quelques difficultés à monter ; le dessin nᵒ 20 vous sera
d'une grande utilité.

Nᵒ 21. — *Pied-d'alouette.*

Taillez vos fleurs bleues, roses ou blanches, sur les
nᵒˢ 21 N et 21 O, puis une petite partie d'une nuance
un peu plus claire que les pétales sur le patron nᵒ 21
P ; roulez-la en forme de tube, et fixez les deux côtés au moyen de gomme liquide ; ceci vous donnera
le cœur de la fleur ; placez à l'intérieur 3 pistils

noirs, une tige au bas, et après avoir rayé les pétales avec la pince, enfilez-les sur la tige, fixez-les avec de la gomme, et ajoutez une petite étoile verte.

N° 22. — *Cognassier du Japon.*

Cette fleur, d'un très-beau rouge, se compose seulement de 5 pétales ; découpez-les sur le n° 22 ; gaufrez-les avec l'outil-boule ; formez le cœur en plaçant sur le haut d'une petite tige un très-grand nombre de pistils jaune pâle ; placez 5 pétales autour et, au-dessous, le calice taillé sur le n° 23, et passez la tige en papier vert glacé de rouge.

N° 23. — *Giroflée jaune.*

Tout le monde sait que cette fleur n'a pas plus de 4 pétales. Le patron n° 23 vous donne la dimension ordinaire de cette fleur ; de plus, les endroits à teinter de carmin, afin de panacher les pétales, y sont indiqués. Rayez-les avec la pince lorsqu'ils seront parfaitement secs. Placez-les autour d'une tige surmontée de 4 pistils jaune très-pâle ; taillez le calice sur le n° 23, et passez la tige en papier. La tige principale sur laquelle chaque fleur doit être montée devra être garnie de coton, afin de lui donner la dimension nécessaire.

N° 24. — *Souci.*

Taillez en papier jaune couleur souci 3 pétales sur
le patron n° 24 F, 3 sur le patron n° 24 E, 3 sur le
n° 12 D, 3 sur le n° 12 C et 3 sur le n° 12 B. Gaufrez tous ces pétales en les rayant avec la pince
dans le sens de leur longueur, puis relevez les trois
plus petits beaucoup vers le centre; placez sur le
haut d'une tige un très-petit cœur vert; enfilez
sur la tige premièrement les petits pétales en commençant par les plus relevés, afin de cacher le
cœur presque entièrement; continuez à les placer
d'après leur dimension; les derniers doivent être
parfaitement plats; terminez par un calice vert,
taillé sur le n° 23.

Planche quatrième.

N° 25. — *Pétunia.*

Cette fleur se compose d'un seul pétale, d'un tube
et d'un calice; découpez-la en papier blanc, violet
ou lilas, sur le patron n°s 25 P et 25 R; roulez le
tube, gommez-le et placez à l'intérieur deux pistils que
vous laisserez très-avant dans le tube; ajoutez la
tige, fixez la fleur sur le haut du tube au moyen de
gomme liquide après l'avoir rayé dans tous les angles; ajoutez le calice taillé sur le n° 23 et passez
la tige en papier.

No 26. — *Fleurs de pêcher doubles.*

Taillez 5 pétales sur le patron no 26 C avec du papier rose pâle, 5 patrons sur le no 26 D et 6 sur le no 26 E; creusez ces pétales avec l'outil-boule, puis fixez sur le haut d'une tige un petit groupe de pistils couleur bois ; entourez ces pistils avec les 5 pétales no 26 C; formez un second rang avec le no 26 D, un troisième avec le no 26 E, et terminez la fleur par une étoile en papier couleur bois, taillée sur le no 23. Formez les plus gros boutons avec les deux rangs de pétales nos 26 C et 26 D, et les plus petits en plaçant au milieu une boule de coton que vous recouvrirez avec les pétales no 26 D.

Terminez le haut de cette branche en la surmontant d'un petit bouquet de feuilles d'un vert très-tendre.

No 27. — *Rose trémière.*

Découpez 1 pétale sur le patron no 27 S, 8 sur le no 27 T, et 8 sur le no 27 V; gaufrez le grand pétale en le pliant premièrement en deux, puis en quatre, puis en huit et en seize ; pliez de même les huit autres pétales, et de plus tortillez-les entre vos doigts.

Pour assembler ces pétales, prenez une petite tige en fil de fer, placez à une extrémité quelques pistils, déroulez tous vos pétales et enfilez-les dans la tige en commençant par les 8 taillés sur le no 27 V, et terminant par le grand pétale n° 27 S; puis fixez le calice taillé sur le n° 11 le tout avec de l'eau gommée.

Pour les petites fleurs du haut de la tige, taillez 1 pétale sur le n° 27 T et 6 sur le n° 27 V; gaufrez-les et assemblez-les comme pour les grandes fleurs. Lorsque vous aurez un nombre suffisant de fleurs pour former une branche, prenez une tige en fil de fer; chaque bouton et chaque fleur y sont accompagnés d'une feuille dont la taille augmente à mesure que l'on descend le long de la tige.

N° 28. — *Géranium.*

Découpez 5 pétales en papier rose ou rouge écarlate sur le n° 28, placez 5 pistils très-petits sur le haut d'une tige, entourez-les avec les pétales, puis ajoutez un calice taillé sur le n° 28 bis, réunissez six à sept fleurs sur une seule tige, et terminez ce groupe par quelques feuilles.

N° 29. — *Onagre.*

Pour cette fleur d'un jaune très-pâle, découpez 4 pétales sur le n° 29, gaufrez-les très-peu avec l'outil-boule, formez le cœur avec 5 pistils placés sur le haut d'une tige, et terminez la fleur par un calice taillé sur le n° 29 bis que vous roulerez sur la tige en forme de cornet; passez les tiges des fleurs en papier rouge.

Nº 30. — *Magnolia.*

Les pétales de cette belle fleur, épais et transparents à la fois, doivent être exécutés avec du papyrus ; découpez 6 pétales sur le nº 30 B et 3 sur le nº 3 A. Creusez les 6 grands pétales avec le gros outil-boule ; placez 3 de ces grands pétales autour d'un cœur vert allongé et garni d'un grand nombre de pistils jaune pâle. Disposez ensuite les 3 autres pétales dans les intervalles qui existent entre les 3 premiers. Gaufrez les pétales plus petits en les renversant, et placez-les autour des premiers en les espaçant régulièrement.

Pour les fleurs très-peu épanouies, les 6 pétales qui entourent le cœur doivent être presque entièrement réunis par le haut et présenter la forme d'un œuf. Les 3 plus petits sont placés de la même façon, mais soulevés un peu au-dessus des premiers.

Nº 31. — *Rose Pompon.*

Sur le patron nº 31 A découpez 3 rangs de pétales, 4 sur le nº 31 B et 5 sur le nº 31 C. Gaufrez les 3 premiers en formant deux pinces à chaque pétale, et tous les autres en les creusant avec l'outil-boule ; renversez légèrement en arrière les extrémités supérieures des derniers rangs ; surmontez votre tige d'un très-petit cœur de rose ; placez autour les 3 pétales nº 31 A, de manière à cacher le cœur en partie; enfilez ensuite successivement tous les pétales, en les fixant au moyen de gomme liquide; ajoutez le calice, et passez la tige en papier.

Nº 32. — *Mauve.*

Prenez du papier blanc ou rose, taillez 5 pétales sur le nº 32, pliez-les ensuite en deux, en quatre et en huit; rayez-les avec la pince, placez-les autour d'un cœur de mauve surmontant une tige, et ajoutez le calice taillé sur le nº 23.

Passons maintenant aux fleurs les plus connues, et dont nous n'avons pas donné la figure.

Planche cinquième.

Nº 33. — *Pois de senteur.*

Taillez le patron nº 33 A en papier vert double, placez à l'intérieur de ce pétale une tige verte arrondie un peu par le haut, taillez ensuite sur le nº 33 B un pétale rose pâle; gaufrez-le avec l'outil-boule et placez-le sur le nº 33 A; taillez sur le nº 33 C un pétale rose foncé, gaufrez-le comme le rose pâle et placez-le sur la fleur commencée; ajoutez un calice en papier vert taillé sur le nº 36 F, et passez la tige en papier.

No 34. — *Boule de neige.*

Cette fleur, composée d'un grand nombre de fleurons, peut s'exécuter de deux façons.

Pour être vue de loin, vous pouvez vous contenter de former une boule de coton recouverte de papier blanc, sur laquelle vous collerez, au moyen de gomme liquide, toutes les fleurs taillées sur le no 34 ; placez les plus grandes vers la tige et les petites au milieu : le nombre des grandes fleurs doit toujours dépasser celui des autres.

Maintenant, pour monter cette fleur avec plus de soin, après avoir taillé un assez grand nombre de fleurs sur les quatre patrons indiqués plus haut, taillez autant de petits-tubes sur le No 34 bis, placez à l'intérieur un petit pistil, collez la fleur sur le haut du tube, puis montez vos fleurs par cinq ou six, et placez ces touffes sur le haut d'une forte tige en les arrondissant le plus possible et les pressant bien les unes contre les autres.

No 35. — *Narcisse.*

Prenez du papier d'un très-beau blanc, le papyrus conviendrait encore à merveille pour cette fleur ; taillez 6 pétales sur le patron no 35 I, puis un autre sur le no 35 J en papier jaune pâle double ; sur le pli tracez avec un pinceau une ligne de carmin ; cette

ligne sèche, rayez la bande de papier en travers avec
la pince, puis placez-le autour d'une tige surmontée
de trois gros pistils jaunes en fixant sur la tige la
partie opposée au carmin et l'y retenant avec de la
soie ; placez premièrement trois pétales autour du
cœur, puis les trois autres dans les intervalles des
premiers : cette fleur n'a pas de calice, et la tige un
peu forte doit être entourée de coton avant de la
passer en papier.

N° 36. — *Campanule pyramidale.*

Cette fleur, ainsi que son nom l'indique, produit de
très-longs rameaux dont les fleurs supérieures sont
plus petites que les inférieures ; vous pouvez, avec
les deux patrons n°s 36 D et 36 F, exécuter plusieurs
dimensions de fleurs ; les patrons taillés, réunissez les
deux côtés avec de la gomme liquide, placez sur le
haut de la tige un petit rond en carte recouvert de
papier vert, sur lequel vous collerez trois pistils ;
enfilez ensuite votre fleur sur la tige, puis une
étoile en papier vert taillée sur le n° 36 F.

Pour les boutons, diminuez encore le petit patron
ainsi que les étoiles vertes ; placez un peu de coton
à l'intérieur ; puis après avoir gaufré vos fleurs, placez-les sur le coton et réunissez toutes les pointes
sur le haut du bouton.

N° 37. — *Bouton d'or cultivé.*

Pour cette charmante fleur d'un jaune vif et brillant, taillez dix pétales sur le patron n° 37, gaufrez-les avec l'outil-boule, formez sur le haut de la tige une très-grosse touffe de pistils d'un jaune rouge, c'est-à-dire beaucoup plus foncés que les pétales, entourez ce cœur avec cinq pétales le creux en dedans et recouvrant un peu le cœur, puis un second rang espacé du premier de manière à imiter la figure 37 : cette fleur n'a point de calice; passez simplement la tige en papier.

N° 38. — *Jasmin.*

Fixez un très-petit pistil sur le haut d'une tige, entourez-le avec un tube en papier blanc taillé sur le n° 38 H, découpez la fleur sur le n° 38 G, et fixez-la sur le haut du tube au moyen de gomme liquide, et terminez par une petite étoile en papier vert; formez des touffes de cinq fleurs environ avec deux feuilles vertes placées à la jonction de ces fleurs sur la tige; pour les boutons taillez-les sur le n° 38 G en diminuant un peu la dimension de ce patron, roulez le papier sur un peu de coton, ajoutez un tube et un calice comme pour les fleurs.

N° 39. — *Devant de cheminée orné de fleurs en papier.*

Procurez-vous d'abord un châssis en bois de la dimension exacte de la cheminée à laquelle vous voulez adapter cet ornement. Sur ce châssis devra être fixée une toile verte, tendue exactement à l'aide de petits clous. Recouvrez cette toile avec des feuillages en papier. Les branches de feuilles de rosier sont ordinairement composées de cinq à sept feuilles placées sur une petite tige : il ne faut prendre que la dernière feuille, celle qui termine la tige.

On peut se servir de toute espèce de feuillage, pourvu qu'il soit un peu grand.

Les feuilles seront attachées sur la toile verte au moyen d'un point placé sur le haut de chacune. En outre, afin de les mieux fixer, et de les disposer plus convenablement, servez-vous d'eau gommée, dans laquelle vous aurez délayé un peu de farine. A l'aide d'un petit pinceau, enduisez l'extrémité de chaque feuille d'une goutte de cette préparation, et pressez fortement avec un linge fin, pour faire prendre la colle sur la toile.

Lorsque vous aurez recouvert de feuilles la totalité du devant de cheminée, terminez en fixant quatre roses en batiste ou en papier aux endroits indiqués sur le modèle.

Nº 39 bis. — *Autre devant de cheminée.*

Cette disposition, non moins gracieuse que la première, se compose entièrement de reines-marguerites, accompagnées de leurs feuilles bien entendu. On placera au centre une fleur blanche d'une dimension plus grande que toutes les autres; autour, et alternativement, une fleur violette, une rose, et toujours ainsi. Aux angles une fleur blanche, une rose, une violette, alternativement et en diminuant toujours la dimension des fleurs.

Les feuilles, de même que pour le modèle indiqué plus haut, remplissent les intervalles laissés libres entre les cordons de fleurs.

Nº 40. — *Abat-jour.*

L'exécution de cet ouvrage est aussi simple que facile. Sur une de ces carcasses en fil de laiton qui servent à supporter les abat-jour en papier, tendez, en le cousant après le cercle supérieur et inférieur, un canevas de fil ou de soie très à jour, ou, mieux encore, un morceau de tulle ou de gaze noir ou blanc. Recouvrez ces cercles eux-mêmes d'une grosse chenille de soie ou de feuilles superposées, comme l'indique notre modèle; puis disposez sur la totalité de la carcasse des touffes de fleurs en papier. En fixant ces fleurs sur l'étoffe qui recouvre la car-

casse, groupez-les de manière à tempérer l'éclat trop
vif de la lumière, et ménagez sur le bord plusieurs
guirlandes qui retomberont gracieusement autour de
l'abat-jour.

No 41. — *Bobèche fleurie.*

Cette bobèche se compose de l'ensemble des patrons nos 41 A, 41 B, 41 C, 41 D et 41 E.

Le numéro 26 est une bande de carton très-
mince, dans laquelle sont pratiquées des entailles à
distances égales, et dont les deux extrémités se réu-
nissent en les cousant ou en les collant. Pour former le no 41 B, rabattez à plat la partie découpée,
sur laquelle sera collé le rond dentelé no 41 C, que
vous aurez, au préalable, plissé comme l'indique le
no 41 D, de manière à ramener ses proportions à
celles déterminées par ce même no 41 D. Sur ce
rond, qui doit être en papier blanc très-mince, collez,
à moitié de sa hauteur, et à distances égales, six petites feuilles de vigne no 41 E, découpées en papier
vert, et que l'on peut se procurer toutes faites.

Taillez en superposant un certain nombre de
feuilles, 72 pétales semblables au no 41 E et 41 G;
36 en papier blanc et 36 en papier rose; puis,
avec une aiguille chargée de fil assez fort, enfilez
successivement six pétales roses et six pétales blancs,
en laissant entre chaque pétale un léger intervalle.

En répétant cinq fois encore cette opération, vous obtiendrez six girandoles de fleurs, que vous fixerez après le rond de papier, entre chacune des feuilles de vigne.

Pour terminer la bobèche, il ne restera plus qu'à faire les fleurs qui en complètent l'ornementation. Ce sont des roses; exécutez-les sur le n° 45.

FLEURS SANS FIGURE.

N° 42. — *Fleur d'oranger.*

Pour cette fleur, taillez 5 pétales sur le patron n° 42; gaufrez-les avec la pince; collez-les autour d'une tige surmontée de pistils, et placez une étoile verte au bas.

N° 43. — *Jacinthe.*

Découpez un pétale blanc, rose ou bleu, sur chacun des trois patrons n°ˢ 43 A, 43 B et 43 C ; gaufrez-les en pinçant chaque cran; renversez-les en arrière, et roulez-les en forme de cornets; formez le cœur sur le haut de la tige ; enfilez premièrement le plus petit rang de pétales, puis le second en alternant les crans, puis le troisième. Formez un certain nombre de fleurs, et placez-les sur une tige surmontée par quelques boutons formés en coton cardé, recouvert avec le plus petit des patrons.

N° 44. — *Renoncule*.

Découpez dix patrons semblables sur le patron n° 44 ; gaufrez chaque partie du pétale avec l'outil-boule ; placez un cœur noir sur le haut d'une tige, et enfilez successivement tous les pétales ; terminez par une étoile en papier vert.

N° 45. — *Rose cent-feuilles*.

Placez un cœur de rose sur le haut d'une tige ; taillez 16 pétales sur le n° 45 A, 32 sur le n° 45 B, 10 sur chacun des n°s 45 C, 45 D et 45 E ; gaufrez les pétales n° 45 A en les pliant dans leur longueur et les renversant avec la pince ; creusez tous les autres pétales avec l'outil-boule ; fixez les n°s 45 A autour du cœur avec de la soie ; collez les n°s 45 B sur trois rangs, puis tous les autres pétales, et terminez par le calice et les arêtes. Quant aux boutons, assemblez-les de la même manière, en ayant soin de les ouvrir moins.

N° 46. — *Pivoine*.

Il faut tailler 8 pétales sur le n° 46 H, 12 sur le n° 46 G, et 3 coquilles vertes ; gaufrez le n° 46, H en creusant chaque cran avec l'outil-boule, 4 en dedans, 4 en dehors ; roulez-les en forme de cornet ; creusez les n°s 46 G de la même manière, en rejetant les crans en arrière ; les n°s 46 G, ainsi que les coquilles, doivent être creusés avec l'outil-boule; commencez par fixer autour du cœur un pétale n° 46 H, le creux en dedans, puis placez successivement les 3 autres, et ainsi de tous; attachez le n° 46 H sur deux rangs. Le n° 46 G sur 3, et finissez par le calice, composé des 3 coquilles vertes taillées sur le n° 46 R.

N° 47. — Chèvrefeuille.

Cette fleur se compose d'un seul pétale taillé sur le patron n° 47. Creusez chaque cran avec la pince; renversez quelques crans en arrière; tournez ce pétale en forme de cornet; attachez-le sur la tige en plaçant 3 pistils à l'intérieur; ajoutez une petite étoile en papier vert taillé sur le n° 36 F.

N° 48. — Pavot.

Taillez 8 pétales sur le n° 48 L, en le comptant pour le quart du patron. Gaufrez-les en les tortillant entre les doigts; déroulez-les; puis, après avoir placé un cœur sur le haut d'une tige, enfilez successivement les 8 pétales, puis terminez en plaçant 4 pétales taillés sur le n° 48 J, et gaufrés avec l'outil-boule. Cette fleur n'a pas de calice.

N° 49. — Grenade.

Sur le n° 49 L taillez 8 patrons en papier rouge, que vous gaufrerez en les tortillant comme ceux du pavot. Enfilez ces 8 rangs de pétales successivement sur la tige, et terminez par un calice en papier rouge taillé sur le n° 49 M.

N° 50. — *Dahlia*.

Il faut pour cette fleur un très-grand nombre de pétales ; ainsi taillez-en 12 sur le patron n° 50 A, 16 sur le n° 50 B, 10 sur le n° 50 C, 10 sur le n° 50 D, et 10 sur le n° 50 E. Si vous voulez la fleur peu épanouie, taillez les 10 patrons n° 50 A en papier vert, taillez encore 3 ronds en carte sur les 3 patrons n°ˢ 50 G, 50 H et 50 J, un sur chaque patron ; gaufrez les pétales n° 50 A, en les roulant intérieurement avec la pince ; roulez de même tous les pétales en courbant le bas en arrière, et ainsi pour tous les autres, en renversant un peu le haut. Fixez autour du petit rond les 12 pétales n° 50, A en les collant avec de l'eau gommée ; placez ensuite 2 rangs de pétales sur le rond n° 50 G, puis 2 autres rangs sur le plus grand rond, en terminant le tout par les 10 pétales n° 50, E. Ces ronds ainsi disposés, enfilez-les dans une tige surmontée d'un cœur vert, en commençant par le plus petit et terminant le tout par une étoile en papier vert taillée sur le patron n° 38.

N° 51. — *Lis*.

Découpez en papyrus 3 pétales sur le patron n° 51 O et 3 sur le patron n° 51 N ; gaufrez ces pétales, en

les pliant dans leur longueur, puis courbez-les en arrière, en les roulant avec le pouce et la pince, depuis
le milieu jusqu'en haut ; collez au milieu du pli un fil
de fer très-mince couvert de papier blanc, afin de sou-
tenir ces pétales qui sont très-longs. Placez sur le haut
d'une petite tige un pistil et 5 étamines, entourez-les
en fixant les 3 pétales n° 51 O avec de la soie blanche,
et ensuite les 3 pétales n° 51 N que vous fixerez en
les plaçant dans les intervalles laissés par les précé-
dents. Pour les boutons fermés 2 pétales suffisent.

N° 52. — *Rose en poste.*

Pour ces fleurs si promptement exécutées ; taillez
trois bandes de papier de 50 centimètres de longueur
sur les n°s 52 A, 52 B et 52 C.

Ces bandes seront chacune d'une nuance de rose
différente : la nuance la plus vive sera réservée à
celle la moins haute. Ployez ces bandes plusieurs
fois sur elles-mêmes, et chiffonnez-les dans une
mousseline. Fixez sur le haut d'une tige un cœur de
rose en laine jaune ou vert clair, puis, après avoir
fixé l'extrémité de la bande la plus basse, roulez-la
en tournant la tige sur elle-même, et évasant un peu
le papier ; fixez cette bande ainsi enroulée avec de
la soie ; procédez de même pour les deux autres
bandes ; puis, afin de former le calice, placez quelques brins de mousse verte au bas de la fleur.

Des Bobèches en fleurs.

Les bobèches en fleurs jouissent d'une grande vogue. Quelques-unes des fleurs expliquées ci-dessus peuvent être employées ainsi.

Voici comment on procède : Taillez une bande de carton mince de 10 centimètres de longueur sur 2 centimètres de largeur ; formez un cercle avec cette bande en réunissant les deux bouts de manière à pouvoir placer le cercle sur la bougie ; fixez alors les pétales sur ce carton en les collant avec de la gomme liquide.

Feuilles de vigne pour dessert.

On remplace maintenant les feuilles naturelles par des feuilles en papier glacé. Le n° 53 donne la moitié d'une feuille de vigne : pliez le papier en deux, placez le pli sur la ligne ponctuée et découpez ainsi vos feuilles en assortissant la couleur des papiers à celle des fruits. Ainsi, placez des prunes vertes ou violettes sur des feuilles roses, des abricots sur des feuilles vertes, des amandes vertes sur des feuilles jaunes, des pêches sur des feuilles bleues, et ainsi pour chaque espèce de fruit.

1.

2.

3.

4.

5.

6.

7.

8.

9.

10.

11.

12.

13.

14.

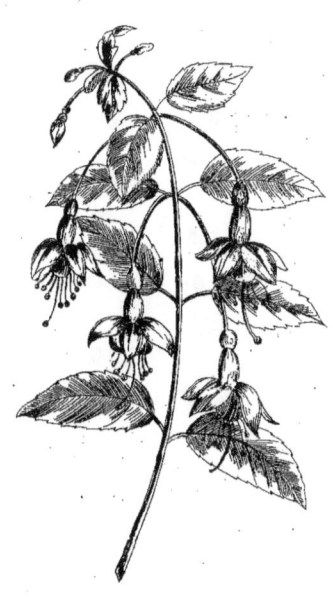

15.

16.

17.

18.

19.

20.

21.

23.

24.

25.

26.

27.

28.

29.

30. PLANCHE 4.

31.

32.

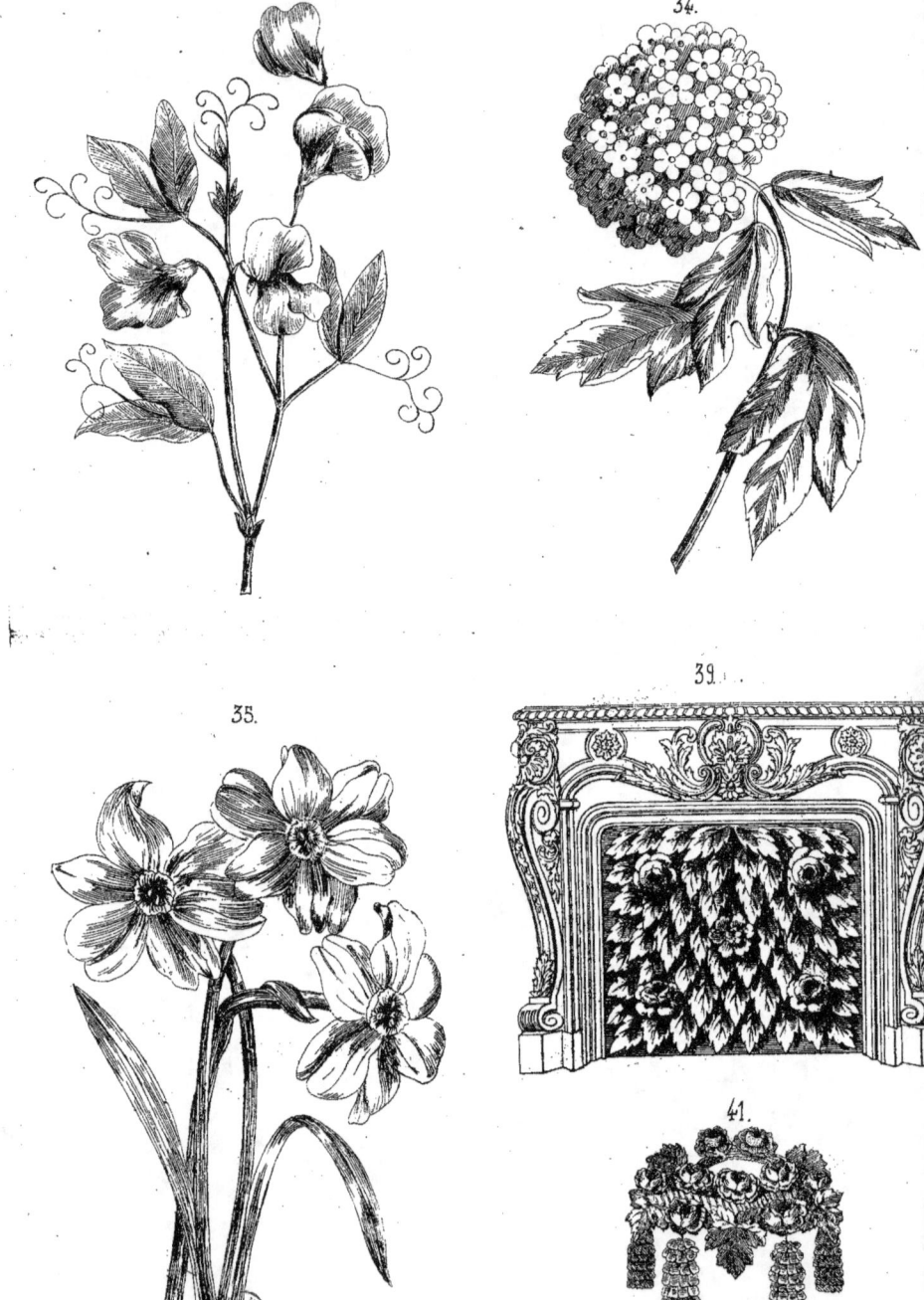

33.

34.

35.

39.

41.

36.

37.

40.

38.

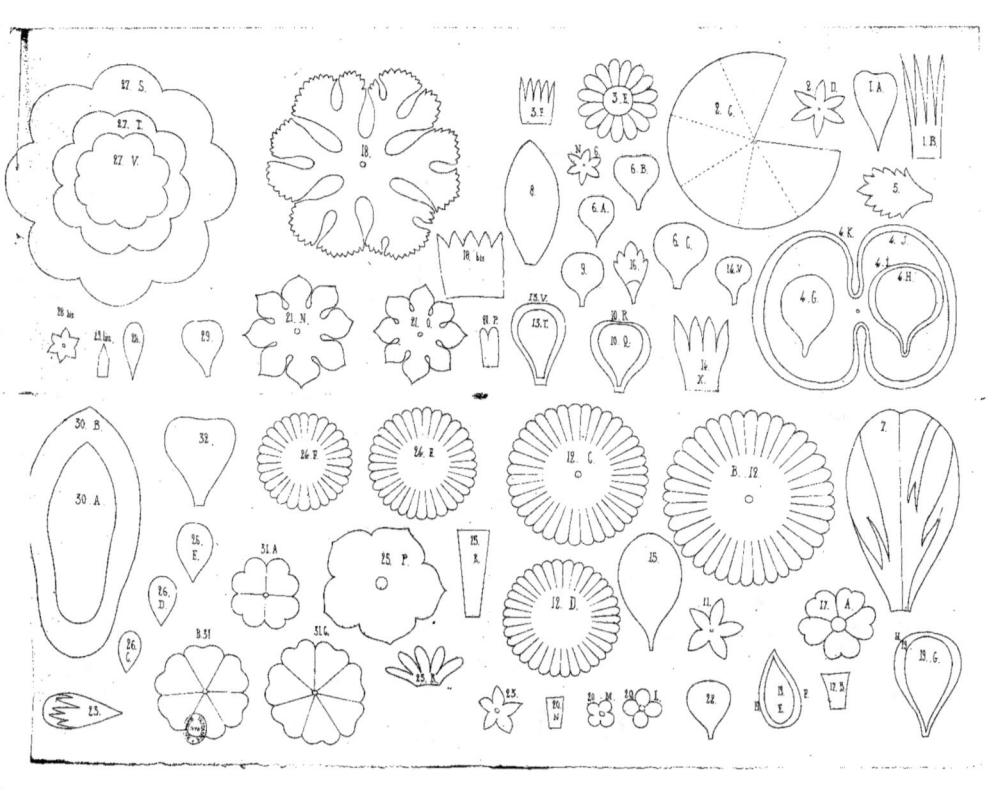

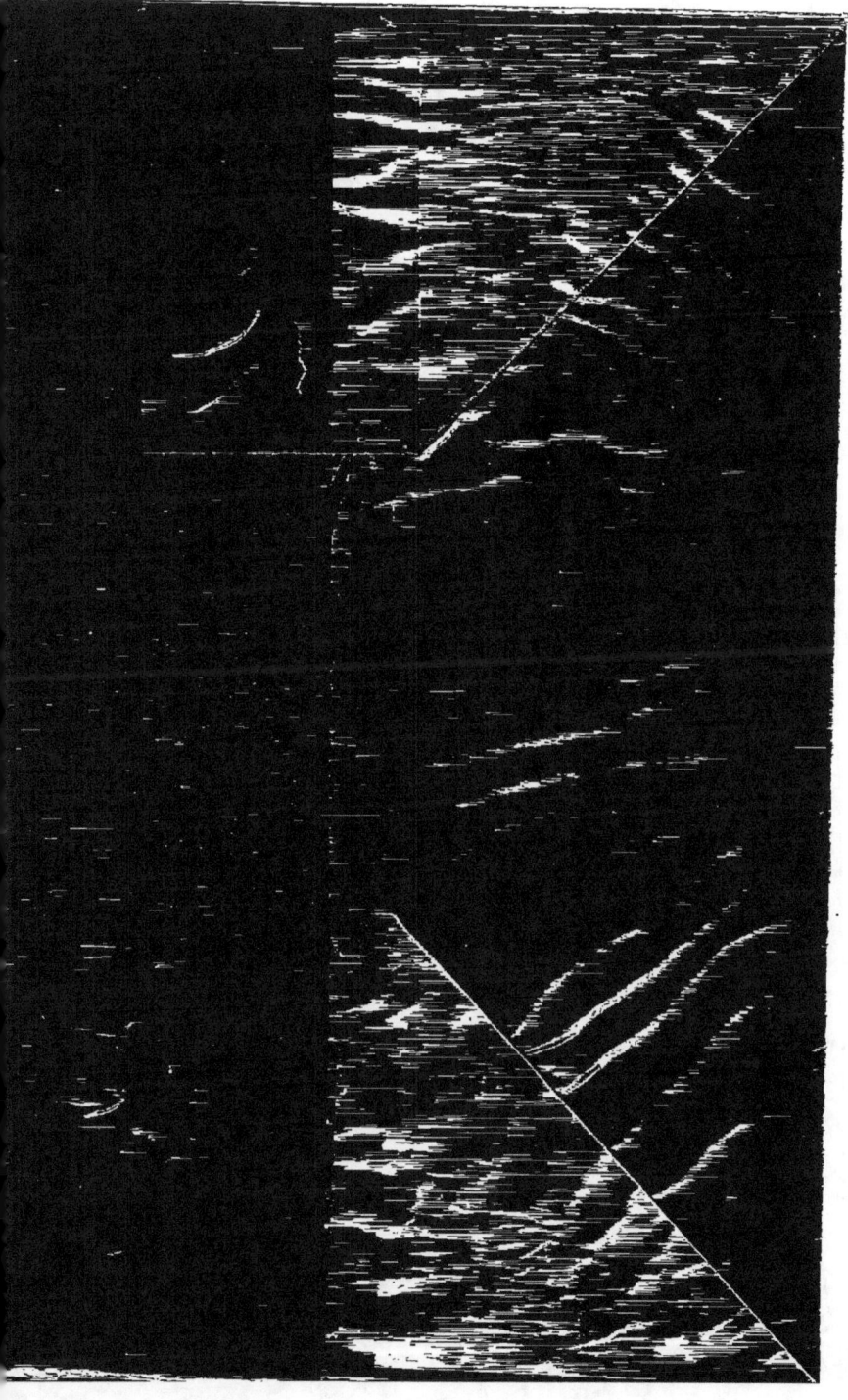

www.ingramcontent.com/pod-product-compliance
Lightning Source LLC
Chambersburg PA
CBHW060812180626
46818CB00002B/806